AF295030

Till alla som en gång fanns.

Vykort från vattenfärgade ögon

Victor Sköld

Förlag: BoD – Books on Demand, Stockholm, Sverige

Tryck: BoD – Books on Demand, Norderstedt, Tyskland

ISBN: 978-91-8057-329-0

But if it were any different he could never have found
the words that he did.

Rainer Maria Rilke.

Prolog.

Jag skriver detta med min vänstra hand; i den östra
delen av Europa. I min ensamhet smeker solen min bleka
hud och påminner mig om att jag lever. Samma hand har
genom alla mina upplevda dygn fört mig framåt genom
det som är ett liv. Snart under hela 30 år. Bokstaverat
anledningar till att fortsätta andas; att fortsätta le i
mörker. Den tomhet och den dränerande kraft som
greppar min ryggrad och kröker den flertalet gånger per
vecka når inte mig just här. I solen. Framför originalverk
av Matisse. Att leva är en gåva. Ovärderlig. Varje
andetag en påminnelse om att se ljus. En själv, just jag,
är en slump och en vinstlott. Varför just jag? Varför just
mina tankar och mitt skratt? Pappa fann mamma i
Stockholm 1986. En slump, en gåva. Mitt syfte med
denna bok är att förklara en enkel sak. Flera av er vet
redan detta. Hur skört livet är, och att bakom ett skratt
eller en älskande famn finns toppar och dalar. Mina egna
dalar har lett mig till att leva med tyngda tankar. Tankar
som dagligen välkomnas och som sitter intill som en
udda vän. I snart tre år har positiva känslor omgetts med

en form av bortdomnande moln. En diffus sensation där
varje topp tas ner, när greppet om ryggraden förhöjs och
ryggen kröker sig tills det att livet inte känns värt att
uppleva. Mitt liv har alltid präglats av skratt, oändliga
upplevelser runt om i världen, skapande och kärlek. Dock
har greppet om min skepnad väntat i skuggorna. Mitt
syfte med dessa ord är att be er fråga och sedan lyssna.
Ni vet med säkerhet någon som gömmer sin sorg bakom
ett vackert leende och skratt. Som skapar för att
någonstans hitta tillbaka till er värme och er
uppskattning av samma person. Fråga idag eller
imorgon, fråga innan det är för sent. Mitt liv ska bli
bättre. Men i processen att faktiskt vilja fortsätta leva
väljer jag att skriva dessa ord. Med min vänstra hand,
själv i östra Europa. All kärlek till er som läser detta och
kramar den i er närhet extra hårt när ni kan. Tack.

Victor Sköld, Budapest 2022.

London.

I ett andetag gör det mesta ont. Inte ont som i att slå i stortån mot ett bordsben. Men det smärtar på ett vis som berör glädjen. Den känsla som borde vara en vän med smilgropar djupa nog att fylla ett inre med värme som smälter isen som bygger sina slott inombords. Lungorna vill mer än att enbart andas. De vill fylla kroppen med energi. Sötma och smak av salt. Det som kroppen behöver. För att orka framåt. Men det gör ont. Dagarna vill väl. Varje morgon är en nyfunnen vänskap. Varje rörelse att höja persiennerna, dra gardiner åt sidan, ett sätt att visa en själv att idag är dagen som vinden väljer att putta en framåt. En mobilskärm lämnas på ett slitet avlastningsbord. På den finns endast besvikelse, inga meddelanden som egentligen kräver svar. Vissa individer skulle välja att kalla det martyrskapets djupaste tecken, eller att kroppen bär en elegant offerkofta över sina ihopsjunkna axlar. Om en stund är ljuset i lokalen det enda som spelar roll. Solen är på väg upp, den behöver bara längre tid på sig. Tankarna om de omdömen som andra lämnat efter sig för att beskriva en själv har sedan länge arkiverats. Innan de ens uppfanns hos dem själva. Plagiat av ren kvalité. Vill inte ha ont längre. Känslor gör ont. En känsla av att få andas igen tillsammans med en sansad själ. Om nu en sådan finns. Det är vad som eftersträvas. Felstegen har visat sig vara många. Vet inte om ännu en resa i deras tecken kan hanteras eller går att komma över. Denna värld tenderar att tvinga sinnet att möta deras hinder. Vill bara kunna andas igen. För en stund.

Madrid.

Ungefär som ett vakuum svävar en runt. Upp och ned, fram och tillbaka. En lugn stund av inga ljud eller personer att se. Trivsamt men samtidigt ett obehag. En diskrepans som tillåts fortsätta dag efter dag. Ovan marken flyter fötterna över grässtrån och asfalt. Gräs som precis blivit avklippt och förskönat. Asfalt, som under den mellersta månaden av sommaren, smetats ut över den forna vännen undertill som inte längre dög. Under en ny glans ligger den kvar och stöttar upp en ny vän som får den otacksamma uppgiften att hantera resenärer mot nya destinationer. Den nya ytan blir spottad på, överkörd och tagen förgivet. Som det mesta nya i världen. Kul en stund, och i ett kort ögonblick tillåts människan uppskatta de saker som för oss framåt. Sedan är det över igen. Petitesserna blir viktiga och gåtor vill inte läsas upp. Ingen funderar kring varför. Det får vara på det viset. I ett vakuum flyter en omkring och försöker stänga ute det oviktiga. Saker som verkar betyda en del tar den plats som inte är deras att agera kring. Obehaget under fötterna som svävar når inte helt in. Men där försöker de dra ner den lilla flamma som valt att glöda till himlens gränser. Asfalten är fortfarande varm när kinden vilar mot den som en ödmjuk hälsning till en skadeskjuten skepnad. Energin till annat finns egentligen inte. I varje steg bor dock en önskan om att ljuset från elden bär tomheten vidare mot det som kan leva. När dagen börjar vill den förhoppningen bo i ögonen. För att kunna se mer av de detaljer på havsytan och mellan gräset som faktiskt betyder någonting.

Freiburg.

Takpannorna ser skepnaden som stiger upp ännu en dag.
Det sker en kvick hälsning till den livlösa men ändå lojala
keramiken. De har funnits där i snart sex år. Hälsat glatt
oavsett årstid eller humör. I självhat har horisonten
regnat sig sårbar eller bländat ögonen med ett glatt
leende. Likt takpannorna har den alltid funnits till och
valt att inte störas av en temporärt sviktande
motivation. Gatan nedanför fyra fönsterglas tar hand om
de individer som passerar. Yrkesmässig ångest,
nyförälskade par, gråtande ensamhet i form av
ytterligare hjärtekross och matkasse fylld med vad
benen ska tycka om. Omgivningen är sig lik och verkar
förbli vad den en gång utlovat under samma stund som
första vridningen av nyckel sker i ett dörrlås som precis
bytts ut. Växterna i rummen växer i sina egna tankar.
Ibland stannar de till och verkar skänka växtvärk till en
själv. De noterar att energin ska till annan part. Den
delen av lägenheten som rör sig ut och in som om
växterna inte spelade någon roll eller betydde
någonting. Sällan blir växterna bemötta med en hälsning

eller ett avsked. Skepnaden lämnar. Ibland för flera dagars frånvaro som inte lägenheten förtjänat efter år av stöd. Takpannorna tröstar växterna med att hälsa och sedan önska en god natts sömn. Horisonten lika så. Gatan stämmer in i kören oavsett om snö eller solsken ligger ovan. Skepnaden återvänder och allting fortsätter som innan. Ingen säger ifrån även om det uppenbara är att stanna upp. Ta del av varandra. Den korta tiden som alla parter får tillsammans är betydligt mindre än vad som upplevs.

Tekapo.

Pärlor mot halsen masserar en hals som motvilligt värjer
sig från beröringen. Där får ingen längre komma nära
utan direkta bevis. Pärlor av kvalité direkt från rena
floder. Ljuden de gör vid varandras friktion blir aldrig till
en melodi som vill tystas. I ljuset från solen är de än
vackrare. Som slumpmässiga personers påhittade
historier och kamper. Kamper som även en själv behövt
hantera. Att förstå och se hur andra växer av varandras
närhet och värme. Tröttsamt när åren närmar sig en trea
i stället för en tvåa. Närhet som ges bort lika enkelt som
en extra skiva ost innan den som bor i hjärtat skyndar i
väg till dagens uppgift. En dag som inte kommer
innefatta några särskilda stordåd. En lön ska mätta
magen och ett ljust yttre ska förses med tillräcklig
näring. Till vilken nytta kan ingen svara på eller förklara.
En accepterad lögn om att pärlor runt halsen ska vara
vackra. Närhet ska finnas och dagen bör fyllas med
detaljer som eftersträvas. Ljudet från friktionen ömmar
om hörselns känsliga upptagningsförmågor. Samma öron
har lyssnat till lögner som forcerat nackmusklerna att

lyda. Nickande svar och ögon som fått slut på väta.
Halsens huvud är täckt av osynliga ärr där läppar vilat
och viskat det namn som tillägnats personen som styr
nackens ärrade hållning. Åren närmar sig trean och varje
dag är en blinkning i någonting större. I alla ljud kan
ibland tystnaden säga allting som ingen någonsin varit
kapabel att uttrycka. Att stapla ord är en konstform.
Tröstande ord om optimism som inte är sanna. Pärlorna
mot halsen vet vad som är äkta. Deras rena ursprung
urskiljer snabbt ännu en persons mystiska närmanden.
En ny parasits intentioner som kommer och som går.

Sopot.

Horisonten gungar upp och sedan ner. Som en dans
mellan två trolovade. Löften som besannas mellan två
individer. Vågorna slår mot ett skrov. Mer smekningar än
egentliga försök till attack. Platsen delas mellan skepp
och naturkraft utan att avgifter behöver kvävas eller
debiteras. I sinnesron får bägge parter leva fritt.
Solskenet på vågornas ytor bländar alla sinnen som
kommer dem nära. Ljuset finns där utan respekt mot
andra. Det vill inte bli betraktat för vad det är, snarare
för vad det kunde ha blivit. En ungdom som inte blev
som hoppades, men som mot alla tvivel visade sig vara
värt mödan. Ett leende räckte långt och i det som inte
blev, vann tvivlen mark. Erövrade till sist sin egen plats.
Horisonten gungar mer frekvent och enstaka öar flyter
förbi som egna skepp. Frigjorda från sina herrar under
ytan. I havsstänket som uppstår mellan vågornas
kollisioner skymtas en regnbåge. Sedan ännu en
regnbåge. Fröjden når blicken som tills nu bländats av
alla stimuli som uppstått av naturen. På vattnets skum
tappar skenet sin kraft, herraväldet blir avslaget i samma

mån. En ny tid börjar ropa sitt namn och ta form. Utan varandra, havet och skrovets påverkan på dess former, är ingenting egentligen värt att ödsla energi på eller tid att tillägna samma fenomen. Havet vill inte ta slut åt något håll. Oavsett riktning. Det anser sig vara av vikt nog att äga blickens samtliga fält. Även när land skymtas på en vit linje, gör havet sitt för att lura in betraktaren i en falsk trygghet om att vattnet är allsmäktigt. Bara de som valt att leva till fullo vet att ingenting varar. Inte ens de vackraste av ting. Inte ens den moderna kärleken. Den som tror på sitt eget koncept, tillräckligt för att flyga för nära solen, kanske överlever.

Orlando.

Möts en gång till. På ett vis känns det som en tröst och en törst i skev form mot någonting nytt och äkta. Upp flyger självförtroendet och intill stormar det som valt att tynga ner samma skepnad. Att göra saker och ting som inte gynnar det egna har blivit till en stadig och trygg melodi. Innan detta kritiserades ingenting, enbart för att främja trygghet om nu högaffeln kom fram. Enkelhet. Att mötas en gång till kan vara och bör vara slutet på det som fick bli en tid tillsammans. Slutet på kapitlet. Ord och meningar som aldrig fick en egentlig punkt. Orden som aldrig sades behöver sitt rättmätiga spelrum. Inte bara för en själv. Ett inre mod finner önskningar om stordåd vill ropa flertalet namn men inget stavas exakt lika vackert som det egna. I hamnen kan två bli en igen för en stund. En sista gång som värmer. En vän som aldrig kommer stanna tillräckligt länge för att kunna förankra en idé. Tröst och törst som väljer kortsiktighet. Och det är i sin ordning. En ny plan och ett nytt spelrum förtjänar att ta vid. Självförtroendet väljer bort det och de som varit med som vålnader kring en gammal tavla.

En föråldrad skildring av den egna personen. Melodin av att välja det trygga och lägga till i hamnar där ingen ifrågasätter oborstad potential. Där ingen möter sitt energigivande nemesis. Tidigare ansedd fiende som skiftar tempo. Griper tag i dem som valt att acceptera behandling som ej valt att värdera vikten av självrespekt. Gränsen stannar nu och som ett resultat möts två för en sista gång. Uppe i luften flyger ett nytt hopp i väg mot adresser som inte fått kännas vid en vänlig själ. Ett hopp som önskar framgång till de som korsar synfältet. De personer som spelar rätt melodi men behöver veta vad tonerna egentligen heter. Det ostämda pianot är fungerande och förtrollar. Skönheten är på väg att förädlas.

Barcelona.

Ett varmt välkomnande till en ny vy. Vinden ovan jord flyter genom håret och varje hårstrå hälsar vänligt till havet intill. Människorna runt personen tar del av samma natur som berör på samma vis. Enstaka personer ser ut att känna av det som vinden försöker säga. Men utmaningen ligger i att de flesta sinnen är på väg bort innan de hunnit ta in det uttryck som ropat ut sitt namn. Beröringen från det första till det andra sker utan att bearbeta intrycken som skänkts. Blicken söker sig ut över havet intill klippornas avsked men samtidigt deras första kontakt med vätan. Vågornas primära hälsning och farväl. Ute på havet skymtas båtar och skepp. Destinationer som aldrig kommer kännas vid av den blick som ser samma skepnader. Varje riktning tar sig vidare bort från land och mot ny havskropp. Antagligen blir landet bredvid ett delmål. Norrut finns det som seglarna söker men inte känner ännu. Under fötterna finns det som en själv söker och strävar mot. En stund i stunden. Vinden tilltar och håret täcker snart ansiktet gång efter annan. Knän och armar får agera aktivt för att behålla balansen uppe på klippornas höjder. Vid klippornas avsked har människor lämnat då vågorna tilltagit och slår som vingslag över hela stenens yta. Den hårda klippytan försvinner men skymtas innan en andra våg av storm försöker ännu en gång att för evigt bli landsatt och omhändertagen. En oändlig längtan som aldrig tenderar att dö ut. Okänd person närmar sig och i horisonten syns en obekant segelbåt göra detsamma. Två föremål mot skepnaden som sökt ensamhet och frid från den värld som behöver kunna hanteras. Som inte kan hanteras i sin nuvarande form. Den nya vyn fortsätter imponera fram till det att den okända personen står precis framför och skymmer världsbilden. En fråga på ett tredjespråk som fortfarande behärskas. Samma kompetens som önskas kunna hanteras mot världen. Ett leende och segelbåten blir dagens sista närmande. Det den sökte norrut kanske fanns där fötterna fäster sina tankar.

Krakow.

Körsbäret vilar på underläppen och blir skonat från en attack. Sötman når in i smaklökarna även om tungan inte närmat sig ännu. Stjälken vilar stilla i luften, ännu en del av körsbärets passionerade smaksensation. Resten av bären som vilar i en rund skål bär fortfarande vattendroppar högtidligt efter att ha tvättats varsamt. Tillsammans bildar de små spegelbilder av ljus och hopp. Klara som havsytor i lugna vikar eller nyinköpta dricksglas. De inväntar sin tur att lämna trygga samlingar av jämlikar för att möta ovissheteten. Kanske bli förpassade till dåtid. Inte bli kvar i sin nuvarande form, att tvingas in i förändringen. Bli någonting annat, ett minne av sitt forna jag. Tvingas ner i en strupe och till sist dränkas ner i glömskan som uppstår. Separerat från sin stjälk vilar nu det ursprungliga bäret på tungan och retar smaksinnet om vad det skulle kunna få uppleva om endast hinnan brister och sötman får skriva sitt namn. Attacken som följer blir snabb men effektiv. Tänderna och tungan samspelar som en militärorkester. Kvick avrättning och forcering av bärets forna skönhet.

Fruktköttet blir demolerat till små avsnitt. Vätskan chockar smaklökarna, får ansiktets muskulatur att dra ihop samtliga synapser till korta stumpar av trådarna de en gång var. När slakten är över finns inte mycket kvar av den forna skönheten som en gång berörde munnen och läpparna. Det som en gång drunknade till ett minne i mörkret. I skålen ligger de andra bären och svettas. Vattendropparna har försvunnit efter chocken. Den visuella ridån har bytts ut till ett rop på hjälp men ingen hör. Stjälken, som en gång höll bärets hand och lovade ljus, ramlar mot marken. Ett par kärnor spottas ut och gör den sällskap. Kärnorna lyder gravitationen och studsar i väg, bort från massakern. De stannar till med hjälp av gräset som väntat på dem. En ny hemvist. Där finns en upplevd chans till att få börja om på nytt.

Dublin.

Flygplanskroppen placeras ovanför molnen och för en uttrycksfull individ framåt mot än mer hanterbara händelser. Vad som ska ske vet ingen, bara att landmassan under en vit plåtfågel förändras för varje minut. Den bekanta jorden blir till en långväga vän. Jord som stannade kvar när resten av livet förändrades. När tiden behövde en paus från samhällets kaos och den konstgjorda andningen inte längre räckte till. Turbulensen vaggar samtliga i planet och skyltarna för bältet tänds av och an. Vingen utanför det ovala fönstret vinkar till de som väljer att titta ut. Ö efter ö nedanför seglar förbi i ett oändligt flöde. Halvöarna tittar avundsvärt på. Dagarna innan denna innehöll impulser, reflektioner, hopp och sorg. Danssteg levde ut på parkens slätter och vänskaper blev mer under alkoholens konstlade rus. Det egna nyktra sinnet tog in vad som sades, vad som passerade och vad som stannade. Skymt av forna framtider och längtan som ansågs vara det enda som egentligen skulle få leva ut skedde. En rätt väg att gå visade sig vara den komplett felaktiga. Axel som

berördes för att få se in i ögonen igen. De ögon som
sedan vände bort blicken och försvann i tomheten.
Aktiva ögon som passivt önskande att de glömdes bort
fastän löften besannats. Tafatta återkomster i ett liv som
strävar efter att hitta rätt. Ett liv som nu tas vidare över
nygammal mark. Mot det som hjärtat bokstavligen
glöder för. Melodier ska härska i en stad som ögonen
vilat på tidigare. Människor med liknande passioner
kommer bo i periferin. Värmen smeker redan armarna
genom flygplanets hårda plastglas. Altituden sjunker och
morgonen får de händer som en nyfödd kärlek alstrar.
Senaste tiden har magen fått känna hur samma känslor
faller och dör. Och vanan hjälper kroppen framåt. Vägen
som alltid funnits när vinden gjort allt i sin makt för att
putta omkull, den efterlevs nu. Samma vind får se sig
besegrad när planet nu landar på en mark som tidigare
läkt liknande sår.

Rom.

Sandkorn kastas fram och tillbaka i en tydlig och äkta
vind. Ett efter ett bosätter de sig på huden, kläder och i
strupe. Marken som de tidigare kallat hem är torrare än
många öknar som abonnerat på utmärkelser att vara
totalt obeboeliga. Här bor ingen mer än temporärt. För
korta stunder som dessa. För varje nytt steg frigör
skosulor nya sandkorn som även de får uppleva resan att
slitas från sitt hem. Upp och ner i stormens tvång färdas
de. Ett par människor försöker sprida vatten ovanpå
monstret som sakta torkar ut. Andra passerar förbi i
fullkomlig rådvillhet och önskar att de visste var skydd
fanns att finna. På en överhettad ö i ett främmande land
samlas vi dock för att uppleva lyckan. Avklippta shorts
och diffusa frisyrer. En ö som fastnat i en trång kanal i en
miljonstad. Ett land som saknade sitt eget namn i
århundranden men valde att förlika sig med faktumet.
Det fanns ingen anledning att förändras för att imponera
på en annan. Att ändra sig för en annans åsikt eller smak.
Folkmassorna passerar varandra och rör upp sand igen
och igen. Hinna skapas ovan den som vattnet

åstadkommit och åter skyddar sig människor från att överrumplas i stormens öga. På en drycks skummade yta landar en insekt och ser in i ägarens ögon. Den stannar en stund för att själv hämta kraft. När glaset förs mot en mun lämnar insekten och finns inte mer. Stormen tog den med sig. Billig plast som låtsas vara glas sitter som gjuten i handflatan. Fantasier skapas när byxornas tyg möter trädkronans trygga skugga. Skuggorna vittnar om att hettan från den högt stående solen är outhärdlig. Gren efter gren svajar mer och mer. Hudens fuktiga receptorer reagerar även de även om skuggan upplevs skydda. Om ett par timmar, när solen inte längre tar den energi den upplever sig ha rätt till, kommer bekanta melodier fylla luften som andas in. Fyller platsen som en gång inte visste sitt eget namn. När sandkornen hittat sina nya hem, hittat till sina forna rum eller försvunnit bort för evigt, föds en ny plats med nya former. När mörkret anländer och skymmer öns vackra vattendrag kommer lugnet bli allting som en kort sommar påstod sig vara.

Melbourne.

Släpp inte taget om vindens glöd. I den finns alla verktyg som någonsin behövts. De verktyg som skapats i en förhoppning att ta resan framåt mot allting som ödet planerat. Misstagen, missöden, glåpord och svikna löften är lärdomar. Deras namnbyten blev till en revolution som aldrig valt att sova. Aldrig vila igen. Släpp inte taget om värmen som en symfoni fyller kroppen med. När 37,5 grader Celsius blir till tusen. En godartad feber med solen i ögonen. Firandet av tårögda ögons upprättelse blir en parad värd att följa resten av livet. Utan lärdomarna blir kärleken och ödet en spiral som redan alltför många följer. Anamma det egna och följ välvilliga regler. De inskränkta åsikterna tappar sin makt och de åsikter som inte betyder någonting blir till deras sanna natur. Dova viskningar för ett öra som vet sitt värde och som i lärda lektioner bygger ett sinne onåbart. Endast de som betalat, vad flertalet personer anser är överpris, får tillgång till ett finrum som präglas av det renaste silvret och tyngsta vikten av guld. Gjuten och formbar. Skinande ren yta klar som spegelglas. Släpp taget en stund, i ett långt andetag som går ut och sedan in. Syret når in och ger den varma sensationen ytterligare näring. En stunds vila, sedan en explosion. Skepnad blir till stjärnstoft i himlen och rymden. Sådana partiklar som enbart astronomer kan urskilja med sina miljonprojekt. I analyserna kan de se hur en ny värme når ut. Tillräckligt nära stannar den för att kunna observeras under ett par dagar. Längre ut i stratosfären flyger stoftet och tar med sina lärdomar. Äkta kärlek i laboratorieform. Tydlig att se, svår att förstå. Kvar blir falska intentioner på jorden, med vilseledda tankar som biprodukt. Guldpläterade lärdomar når månen och finner tid att hänge korrekt energi till rätt måltavla.

Budapest.

Fingrar leker på växternas skygga men stolta blad.
Näringen tar vänligt avsked efter att ha blivit tagen för
givet i över 90 dagar. Den tar avsked som om den aldrig
kunde ha tänkt sig lämna. Varje morgon var att bli ledd
till dörren, kyss på mun och kind, panna om även
sändebudet kände av hoppfullheten i vad växterna
visste. Kristallkronan i taket sken än mer när ljuset
hittade in i sprickorna och även krokarna i takets
nedpendlade gipstak tog för sig av vad som nu blivit en
vän. En vän som ledde alla nyvakna varelser till sina
nedfrusna bilar eller pendeltåg. Hållplatser fyllda av ett
nytt sken. På ryggtavlor viskade näringen sitt namn i
nybildad svett på cyklistens hud när densamme fick upp
farten. I dennes hörlurar, om det var i morgonens rutin,
ekade förhoppningar och drömmar kring en ny årstid.
Den som kommer innan allting faller igen. Historier som
ska bli verkliga minnen finns i musiken. I örat hos
cyklisten eller i högtalaren intill växternas många blad
som blir berörda av en hand som lärt sig urskilja vad som
är skönhet i en flertalet gånger, grå vardag. Kyssen på

pannan lever vidare på huden och i en fri hand vilar en

kopp. Fylld av het dryck. Istiden med drömmar är över

om tre dagar och återvänder om en evighet. Upplevd

såpa på ett gammalt golv som inte hjälper en person

som söker fäste. Strimmor av ånga dansar sig fria från

drycken och söker sig förbi växterna samt ursprunget till

musiken som nu härskar över allrummet. Kristallkronan

skiner en vända till, sprickorna är vad som gör den unik.

Strimmorna hittar ut till gatans lugna, nyvakna, takt.

Annan tonart. Alla har lämnat för dagens utmaningar

och i luften blir ångan fri.

Leipzig.

På en svart himmel lyfter penseln och smeker bort
molnen och gör plats för en annan färg. Fram och
tillbaka rör sig en stolt arm som fläckats av blandandet
av ny kulör. Droppar som förenats på hud blir orange. På
foten finns en smal linje av lila. Föreningarna sväljer
närvaron av det onda. Visar att olikheter blir framgång.
Molnen ställer sig åt sidan och tackar för en paus från
fokuset som stadens ögon riktar varje vecka, varje dag.
Den mörka tavlan får former som ingen skådat innan.
Varifrån skapandet kommer kan ingen svara på. Kanske
de som valt att stanna kvar. Kvar i sensommarens
värmande täcke. Dock har de som tidigare trott sig
skänka sina nätter till kreatörens liv, full makt över vad
som speglas på en duk. Ett arv som blev kvar. En
anteckning på takets kala delar. Människor i kvarteret
kan vittna om vad en stolt arm färgat himlen med
tidigare. Konstform som ansågs föråldrad. Under
stunden som natten blivit än mer bekväm i att tillåta
färgerna sminka dennes yta, har fler och fler
balkongdörrar öppnats upp och tillåtit värmen, som en

vacker dag lämnat efter sig, slinka in i upplysta rum.
Ljusen, levande som den sommar som snart passerat
förbi, hetsar sina lågor att väcka väggarnas dekorationer
till liv precis som de själva. Molnen applåderar
penseldrag efter penseldrag. De har sett dessa aktioner
innan. Men denna rörelse som fyller deras vanliga
hemvist är inte fullkomligt bekant. Häpna reaktioner.
Skönhet som inte åldras. Ett konstnärligt månsken.
Molnen hämtar andan. Ny sensation för trötta ögon.
Applåder från balkonger. Äkta och rymliga, men även de
franska visar sitt stöd. Vindpust efter vindpust fångar
lågorna i varma rum. Molnens häpna andetag skapar
dessa forceringar. Konstnären har äntligen funnit sitt
hem.

Örebro.

Vågorna gungar och gungar. Upphör med pauser som
inte märks av. Som tacksamma utspel dränkta i den
förbipasserande cirkusen som är förväntningar och
förhoppningar. Tonerna av sanna ord får sträcka på sig
enstaka stunder, sedan tar opiumet över och lurar in
tiden i den dvala som kommit att bli en vana. En plats för
drömmar att dö och inställsamma ledens museum för
sitt världsherravälde. Vågorna gungar och gungar.
Föräldrar ber samtliga stanna upp till det att det egna
egot fylls med tillräcklig näring som stannar till nästa
högtid. Korta utspel av gemenskap mellan syskon,
partners och inbjudna förmågor. Finner meningar där de
kan gömma sina egna och vinstdrivande intentioner.
Hård vindby slår i väg tacksamhet, skänker en våg sin
kraft mot respektive individ. Ingen hänsyn. Plats till för
att fylla. Tomma platser är där tiden ger möjligheter att
hitta vägen till framgång. Stäng ner framgången. Släck
ljusen och led samtliga berusade ögon in till det rum där
opiumet bedövar och förgör. Frigör och frälser även den
starkaste av viljor. Gungandet har blivit till lekfullt

skvaller och tillåter nu förhoppningar och förväntningar att sakta dö ut i ett kraftigt motljus. När kommunikation slutat vara ett verktyg att nå förståelse i, i stället en dimridå för att kunna gömma sina känslor i röken från en fråga om vädret. Passagerare som stannar till i tåget som tar allihop till en destination som alltid slutar i glömska. Öron som aldrig kommer falla för en motivationshöjande predikan skapad ur tron på sig själva. En inre ton söker sig ut i myllret och landar i form av sälta på tungan. Reaktion. Uppiggande energi som låser upp rummet som inte blivit inrett sedan åratal. Vågorna gungar. Upphör med pauser som liknar hjärtslag. Pump efter pump av bortslösad lust.

Wiesbaden.

Vill du följa mig till bilen? I en discokula stannar spegelbilder och innan den glansiga glasytan bekostat individers namn är samma ansikten glömda. Som den kalla vintern som fick bo på majoritetens läppar under mer än 100 dagar. Vill du följa mig till bilen och stänga sidodörrens rostiga plåt bakom mig? Ord som stannar är inte de som analyserats och tänkts ut. I affekt stannar handlingen som inte slagit rot förrän det är för sent. När applåderna slutat ljuda eller när de högljudda buropen tolkats som konstanta vrål och skri från vålnader. Ett oväsen accepterat för vad det är och vad det skulle bli. Följer du med mig till bilen och ser om den startar? Ringen runt ett finger försöker påminna handen om att det nu finns ett högre syfte i varje nytt andetag. Luftpustar som ibland blandas med den som är närmast sinnet. Metallen som är ädel försöker hålla sitt tal och försöker förklara hur livet ska bli eller i alla fall försöka bli det luftslottet som andra kan gömma sina misslyckade ambitioner inom. Slott utan vallgravar. Handtagen på dörrarna har frusit fast och glömt av sin egentliga funktion. Som om kärleken inte varit i närheten någonsin. Som om vintern tillbringade sin tid i vårens rensade och städade hallar. Fötter leder känslor till bilen och undrar om du kan följa med. Stigen är kort men ändå finns ett behov om att be om stöd. Om framtiden visste det som dåtiden lärt nutiden vore träden inte de lömska åskådare de nu väljer att bli. Resultatet av att ställa strikta frågor till ett par självvalt döva öron. Förståelse som är definitionen av skenhelig. Vill du följa mig till bilen? Kan ord växlas och växa till nya försök? Kan bildörrar stängas om oss båda och starta en motor som föder känslor igen?

Koh Samui.

Bosätt dig i oss. I en önskedröm tonsatt. I det moln och landskap en objektiv lins vill och kan urskilja utan att döma. Ord från tidigare skrivs ut och placeras i städer där tidigare visioner dött ut och där tidigare förmultna kropp fyllt ny jord med nytt stimuli, ny beröring av kvalité. Bosätt dig i vad som kan bli vi. Gröna ängar längs utkanterna av en gemensam stad. Förort med vitsippor intill grusvägar. Leenden som blir kvar långt efter att muskler slappnat av igen och hittat tillbaka till ursprunget. En argumentation i det tysta, som inte behöver skapa oväsen. Föra en typisk dialog som egentligen svarar sig själv. Vi alla går igenom ärr och visdom. Hårda ord mot mjuka värden. Svek mot försiktig aktion. Vitsippor i höger hand, du i vänster. Dominant hand, underlägsen dig. Med all rätt. Bosätt tryggheten i varje blick. Där kan den stanna och frodas, bli tillfredsställd i den mån som enbart önskedrömmar når fram till. Objektiv lins med autofokus. Inga risker för missförstånd. Inget utrymme för egna tolkningar. Vad som blir är exakt det vi får. Trötta hjärtan som hittat lugn blir för en stund tysta. Njuter av att inte behöva höja

sina röster. De chockas i varje nytt dagsljus. Häpna kring

faktumet att visioner och löften vilar i svalg och hals.

Tyst och stilla. Helgmorgon i ungdomen. Bosätt dig hos

mig. Låt kärlek slå rot och låt gammal misstanke bli

gödsel för en inre passion. Ny beröring av kvalité med en

smula av lust. Stannar där rötterna växer genom jorden.

Ser in i ögonen som förstått vad vinst innebär. Att vara

en själv med den person som ser klarhet i det

grumligaste av vatten.

New York.

Spegelns svar säger att det är dags för hemgång.
Morgonen väntar på alla fel vis och i nattens sista
flämtande andetag växer de sämre idéerna till jättar.
Skriver meddelanden till den egna skepnaden och
hoppas hitta vad som eftersökts i en alldaglig kvälls
innersta vrår. Ögonen stirrar mot glasskivan utan
resultat. Hyrbilen utanför skakar i vindens grepp. Havets
anstormningar tenderar att följa en själv om resan går
med västkust. Ingen går fri. Ingen skonas oavsett
livsverk. Vattnet rinner längs en näsrygg och lyder under
tyngdlag. Vätan delar sig vid näsvingarna. Några droppar
väljer att gå höger, andra vänster. De som inte följer
reglerna forceras till att välja vid nästippen, annars faller
dropparna ner mot en skonlös keramik. Ensamheten gör
inte ont, men om den gör gott har det inte visat sig
ännu. Ögonen som ser sig själva kan inte avgöra om
svalkan nått bröstet. I de blå nyanserna vill pupillerna gå
vilse mot de mer grå delarna. Det som kommit att bli
filtret mot de minnen som redan passerat sina
utgångsdatum. Bäst före är inte bara applicerbart på mat

och dryck. Morgonen ger nya meddelanden till personen i spegeln att resan ska vidare. Att åka hem i nuläget handlar inte om en fysisk destination. Eller att nå fram till den känsla som andra kallat för själslig hemvist under århundranden. Dessa termer finns inte kvar inombords där sökandet varit främsta verktyg. De finns inte kvar i vokabulären hos den som nu reser ensam. Vad ögonen sett och fortsätter se är paragrafer oförståeliga för ett ouppmärksamt sinne. Bara engagemanget och insikterna om att sträva mot odödligheten kan ta denna kropp framåt. Endast de drivkrafterna leder till ökad förståelse. Om insikterna bosätter sig bakom ytterligare en individs ögon kan andningen fylla depåerna. Kanske utan att ens röra den fysiska gestalten. Hyrbilens skakningar tilltar när bilnyckelns knappar trycks in simultant. Vägvisare strålar febrilt i någon form av epileptisk hälsning. Morgonens fukt bryts av den som närmar sig fordonet. På huden har vattnet torkat in i porerna på en flyktig person.

Malmö.

Ljuset hänger kvar utanför och inombords. Även när kvällen blir kyligare och mer ogästvänlig finns ett tydligt plakat uppspikat på en tegelvägg. Rakt igenom en äldre fog penetrerar spiken den ömma vägg som i över sex år varit hemma och huserat framsteg. På en träbit finns en påminnelse om det som glömts bort i det som kommit att bli ett liv på språng. Höjdskräcken är som bortblåst. Hon som var en miljon kronor värd är nu någon annans tid och energi. Kanske kärlek. Möjligheten inombords som var flykten från en själv blev såld för skampris och utropad på aktion som ett dystert föremål utan bakgrund och känslor. När kalla fötter möter den trötta parketten en tidig helgmorgon är det utan tvivel som huden skrapar mot fibrer. När vattenkokaren värmer vattnets skrikande molekyler blir det nästintill tyst eftersom rummen respekterar smärtan. Utan tvivel och i en konstruerad tystnad infinner sig ett förväntat mästerverk utan motsvarighet. Varken akrylfärg, vatten eller olja kan tackas för det som skapas i varje steg, i varje andetag hos den som varje dag väljer att stiga upp.

Ljuset hänger kvar inombords och utanför som det löftet det utvecklats till att bli utan ursäkter. Ett uttjatat uttryck för hoppfullhet. I objektiv mening. Den subjektiva linsen omsluter fötterna med ett starkt och varmt handslag. Vattnet kokar inte längre bortom synfältet men doften av kaffesump fyller bröstkorgen och kvadratmeter. Musiken söker sig in i trumhinna och blottar inte tonerna för vem som helst. Omgivningen förtjänar inte alltid att se och röra vid det som en själv känner till. De närmsta är värda hålla fast mot ett värmande tankemönster. På det objektiva plakatet står riktlinjer skrivna. Linjer och ord som är oändligt stöd för att hitta rätt. Formuleringar och tröst för någon som behöver försvinna i stunder. För någon som behöver få känna och som behöver få leva. En kropp som vill bli förstådd. Men som insett att den egna stämman är den enda som stannar. Stämman som är toppen på berget av självförverkligandet.

Wien.

Ärligheten ömmade om huden, andedräkten och över vattnet. Dagen var mellan det rum där den inte vet om den ska lämna det nya slutet eller välkomna en ny början. Ett moment av andnöd men mestadels av tankar. Kring sjöns linjer vajade träden och bryggan var som fastgjuten på ytan men även ett par centimeter under densamma. Ett fågelpar gnabbades i en av trädkronorna längst bort, där träden inte syntes till för all skog. När deras gräl ansågs vara överstökat, restes en av vingarna som en order, sedan alla fyra hos de båda. Ett fall från grenen som agerat terapistol. Vattnet som vilat på samma gren efter nattens tunga regn, följde med i deras gemensamma fall. Och i väg flög fåglarna. Läkta innerst inne. Sjöns siluett var teatern som naturen bett om och tillika blivit tilldelad. Där vattnet berörde naturen steg rådjuren ner för ett svalkande dopp. Uttrarna likaså. Björnen såg på med förskräckta ögon. Med sin jättelika tass slog den sönder sin egen spegelbild och argsint fick samma björn inse att ett eget slag mot sjön blev ett slag mångdubblat tillbaka. Korpen, som sedan år bott i en av granarnas mastodonter, skrattade högt och hånet ekade efter björnen som skamligt sökt sig bakom en av de andra granarna. Skådespelet höll i sig till att dagen fick acceptera att början av den själv var här. Gnagare vaknade på riktigt i form av en hungrig armada. Sökandet kom på beställning. En hackspett sträckte på sig från sitt bo. En ekorre agerade väckarklocka, väckte samma hackspett skoningslöst från sin djupa sömn. Väl vid trädets bark sökte fågeln sin perfekta position. Sedan tonsattes samtliga av skogens begynnelser. Hack, efter hack.

Paris.

Om en utsträckt hand aldrig greppas, har den då
erbjudits? I luftens egna molekyler snuddar syret och
koldioxiden vid en välvilja som valt att bli kvar i ett
luftrum där glömskan spelar högre toner av medioker
musik. Att vandra mellan skepnad till skepnad blir den
ädla sanning som yttras och som alltid tilldelats ett högre
värde. Fingrarna på handen som blir kvar darrar av fasan
som den känner när den enda äkta närheten som finns
är fingret eller fingrarna intill. I upplevelsen blir även
intentionen att ta sin beskärda plats en form av lögn.
Och i lögnen faller även den starkaste till marken.
Dammoln och en tystnad som enligt kritiker äntligen
lägger sig. Lugn och åter tystnad. Äntligen. Om en hand
sträcker ut sig till bristningsgränsen, och inte greppas,
har då världen gått förlorad? I sin egen förvåning och sin
egen glömska kring äkthet? Basen ligger tung över
torgen, centralstationer, flygplatser och hamnar. Där
stimuli om tillfälliga traditioner samt tryggheter ramas in
i glesa plastramar som skyndsamt införskaffats.
Fotografier hängs upp på väggar, placeras i fotoalbum

och samlar damm. Via elkablar går familjefoton upp på storbildsskärmar. Teknologi som under ett halvt jordsnurr tappat bort nyhetens behag. Blivit den stenkula som sammanförde exalterade barn. Kulan som gick vilse under skolgårdarnas lek. Under träläktaren på idrottsplatsen. Där, i en mörk vrå, känner den de färger som tillhör en sviken hand. Färgerna smeker kulans steniga, men trots allt, putsade yta. Om handen inte greppas får den visa sitt värde till det som trodde sig vara en tillfällig fluga. På det viset kan vägen framåt bli ett vykort över en hoppfull plats.

Luleå.

Kroppsfärg över ryggslut. Ej intorkad, fortsatt rinnandes över små hårstrån som täcker en öm punkt. Rysningar som sprider sig över en täckt hjässa. Ner till fotvalv. Tillbaka till ryggens nakna yta. I glasen klingar halvfulla kupoler vid beröring. Likt en vindby som aldrig kan tämjas. En lugg gömmer blicken hos den som målar en annans rygg, en ny form av nyans tar den ursprungliga färgens plats. Viskositeten är en annan, tanken är annorlunda men fortsatt närmare än någon annan som besökt kroppen tidigare. Där stämman är överflödig. Vokaler och konsonanter har valt att vänta utanför. Glaset töms och en annan druva tar dess plats. Den tidigare gästens hinna ligger kvar mot glasets papperstunna vägg. Omsluter en nyanländ främling. En tillvaro som är skör, precis som de hårstrån som befinner sig under en tung yta av kroppsfärg. Letat sig in under springor, flikar och hålrum. Händerna arbetar febrilt vid låren som även de önskar en kreativ frigörelse. En sekvens där livet upplever sig vara den omålade canvastavlan som det faktiskt är. Möjligheternas piano i

symbios med osäkerhetens trevande sol. Dånets
härskarteknik från världens oceaners mittpunkt. Ej
intorkad ligger färgen tät och stark. Hinna skapas i mötet
med syret. Plastartad och typiskt tydlig. Väntan och
önskan om att få bli kvar. Mot en organisk pannå.
Förväntan som lever kvar även när den bevisats vara
undermålig. En trygg punkt för den utan driv. Utan
färgernas blandade potential. I ryggslutet blottas en del
av huden trots det uppgivna hoppet. Ett hårstrå hittar
fram. Sedan två till. Den upprätta kroppen låter färgen,
som inte lyckades klamra sig fast mot huden, falla mot
betonggolvet. Där blir en tydlig viskositet kvar, som
hinnan mot glasens tunna barriärer.

Los Angeles.

Rösten bor inombords. Hur en ton lugnar ett tondövt
öra. En erfarenhet bor i väggarna. I skor som fört
släktträd framåt. Rötterna har fastnat, släppt taget och
till sist slagit ny rot. I kronan finns löv, smaragder och
enstaka diamanter. Närvaron av förebilder kan inte
underskattas. Fäder och mödrar till ens egna. Samtalet
börjar och slutar med en känsla av nytt värde. Verbalt är
stammen kvar att hålla med ett grepp av ihärdigt stål.
Omöjligt att luckra upp eller tillåta att förfalla. Lås tungt
mot bröstben. Hjärtat skyddat av de som kom innan.
Väggarna i ett hus men även inombords visar upp
skepnader av konst. Penseldragen är en annans men
nära intill. Rösten är den som hörs genom bruset och
lugnar. Studsande beröm mellan löften som valt att bli
kvar innan den egna kroppen existerade. En självklar del
av ett vuxet liv. Ett liv som smakar av rabarberpaj där
grädden adderats utan att fråga. I sinnet hörs röster
åter. Ljuvligt stöd, pirr i smaklökar av det som berör
djupt. Erfarenheten lämnar en vacker eftersmak. Ej
möjlig att undvika även när omgivningen kastar hårda

stenar med argsinta meddelanden. Deras önskningar om att såra kan inte uppfyllas. Minnet av vinter, eller sommar, är ointressant. I bägge jordsnurr stannar känslan kvar. Känslor av vikt. Fäder eller mödrar till ens egna stannar kvar även när tiden tar slut. Tiden som kan ses och kännas vid. Som går att sätta sina ramar kring och där penseldragen kan granskas. Tekniska framsteg och nyskapande kulör. En närhet som tidigare inte funnits. Låset går inte att rubba och hjärtat skyddas från externa stormangrepp när samtalen ständigt slutar med överenskomna lösningar samt lugn. Rösten bor inombords, strävan gynnar samtliga ambitioner. Det är sockret och glädjen. Grädden på pajen. Tacksamheten är genuin och rak.

Lissabon.

En krasch i det fördolda. Ljud och sedan frånvaro från detsamma. Föll trädet om vi inte hörde hur dess stam exploderade inombords? I cirklar springer flocken och undrar gång efter annan hur det kunde bli på samma vis trots att vi gjorde samma sak. Den idiotiska insatsen var tänkt att ge annat resultat. Häpet ser vi på och förvånas av vår egen dumhet. Konversationer i ett ansett vackert fikarum. Årorna tar inte båten framåt när en sidas tempo misstar den andres. Runt och runt går träslagen med dess lack mot ytan. Det är tidens tecken och vill inte förändras. Vad vi vet. Kanske vad vi vill. Ljuden från efterföljande krascher blir dova smällar. I bullret från nästa serie som måste konsumeras och diskuteras. Kan nästa avsnitt ta oss framåt? Är säsongerna den filt runt en isande temperatur som gör att vi hoppas på fred i öst? Svaret är inte större än fikarummens kvadratmeter. Berörande konst påstås hänga på väggarna. De verbala och de utmanande frågorna blir kvar i det abonnerade skådespeleriet som vi glider vidare på vecka efter vecka. Artiga hälsningar som tappar sin vikt och värde. Fråga om mående är ett nutidens förlängt "Hej". Dekorerat med en falsk önskan om att dagens utmaningar ska hanteras med bravur. En tårta glaserad med oätbar blandning. Smaklös om rätt tunga möter den artificiella sötman från påstod grädde från hemtrakter ingen kan urskilja. Röstar du blankt får du inte längre vara med. Kastar du sten mot skyddspersonal kan du likväl skissa profeter och bygga konstverk i närmsta havsvik. Hör vi en explosion kan den smaksättas och serveras på restaurang med tre stjärnor. En explosion att förstå. Verbal yttring kryper upp och smeker huden varsamt. Som mammas hand i barndomen. Vegetarisk fond blandas med kastrullens saltvatten. Bara en medveten tunga kan känna kvalitén. Vem som bär på den kan ingen veta. Ingen i fikarummet har svaret. Om ett par dagar släpps säsong fyra.

Helsingfors.

Bryt dig ut och låt tungan söka. Mot nya ytor och lägg dig sedan ner. Långsamt och rofyllt. Frigörelse kostar energi inombords. Den kommer inte tillbaka på samma vis. Inte som förväntat och säkerheten själv. Säg de ord som varit gömda. Bryt ut och hör hur de höga väggarna faller ljudlöst runt om. Från punkten där taket var tänkt att placeras vandrar du i väg. Ser att du blivit någon annan. Du kommer aldrig bli någon annan. Inte den som var uttänkt. Motsägelsernas krydda och fortsatta väg. Du låter vägen göra just det, leda. Lägg dig ner och gör dig fri. Även när medicinen smakar illa och beskt. Du är förstasidan i den nya romanen om dig själv. Känn efter hur din hud är sval och tacksam. Förflutna idéer är ensamma där du lämnade dem. Dina möbler har valt att leva igen. Bryt ut och hör hur väggar faller ljudlöst. Känn din tunga möta ytor och idéer igen. Gömda ord är sanning. Pulserande fotsteg är glädje i potentialen. Fjädrar i fantasin flyger upp ur dina armar och ben. Du lättar från marken och disciplinen att släppa förväntan blir euforin där tillfredsställelse väntar tålmodigt. Bryter oss ut. Sjunger högt och ser oss aldrig om. Varje dag är en söndag som erbjuder vila och kaos. Sådant som hädanefter är vad tungan hittar i munnens utkanter. Kom atombomb. Om du vill. Fjädrarna är lovorden. Ansiktet är naket med ett leende. Varje morgon är en söndag. Varje kväll också söndag. Förändras inte, bryt oss ut ur en labyrint och in i nästa. Skadan skede innan taket föddes. Därför är kryddorna på stigen smaksatta och förlåtna. Lägg dig ner och gör dig fri. Vi hör hemma i framtiden. Oviss och långsökt. Livet sa ditt namn och du svarar inte.

München.

Men går jag över ängarna kan det mesta passera.
Akrylpennans våld smeker papprets sträva ansikte till
den grad att forna dagar blir förlåtna. En nickande
rörelse och ett leende in i en spegel. Vem ger sitt hjärta
rakt ut om framtiden är oviss? Den som går över ängarna
gör just detta. Gryningen är aldrig långt borta med sitt
löfte och med sina lovord om nya försök. När det dagas
framfart kan även äkta vänner släppa taget. Det finns
fler när det väl dagas. Idéer släpps fria i en saknads kulör.
Vi minns de vi älskat med en tunn tråd av avsky.
Mestadels minns vi dem genom ett snöre gjort av
lyckönskningar. Bitterheten gömd under blåögdhetens
vävda tyg tar ingen vidare. Ängarna är hemvist för den
som tror på sin egen prestation. De vi älskat bor i varje
steg som leker med gräset. Antar att rösten talar till en
ny publik som förstår budskapet på det sättet som
egentligen ska förstås. Hörda åsikter smakar mer.
Skulpturer av att nya dimensioner tillåts. En oviss framtid
är också en form av väg att gå. Oavsett vad människor
säger och tycker blir de oftast kvar på sina egna platser.

Få följer med mot den nya destinationen som är lycka. Under ett paraply byggt av passioner som lämnats kvar blir vägen skonad från väta och sorg. Sista gången som orden fick tynga sinnet var när besluten hölls hårda i famnen och lät en sitta kvar. Att sitta kvar vid ängens begynnelse har upphört att vara den tillfredsställelse som omgivningen menade var absolut glädje. När jag går över ängarna ser ögonen åter klart och de snören som bundits kring anklar strör ut näring i form av lärda frön. Runt och i samtliga fotavtryck sjunker frön ner och väntar på nästa regnperiod. Genom en kameralins förenas ögonblicken och vinden viskar olika namn. Glöm eller välj att tatuera in namn på hela din kropp. Valet är ditt.

Stöcksjö.

Bli inte känslosam. Det är inte likt dig. Du skadar en fasad nu. Den som byggts upp i år och känt engagemang samt disciplin. Följ mig ut till slutet och var säker i det som nu sker. Var säker att dans tillkommer. Det gör omständigheterna objektivt vackra. Aptiten som hungrar efter dramatik svarar aldrig hungrig eller med känslan av tomhet. Visa inte de äkta känslorna nu i vad som komma skall. Låt fasaden hålla dig isär från de personer som uttrycker inre upplevelser. Bo i en känsla av att inte tillhöra en klan. Var din egen ledare med ett eget stimuli. Där hör dina känslor hemma, där ska de sakta somna in och bli en del av klanens näring. Energi till flockens upplevelse av vad som är rätt eller vad som är fel. Upptåg att visa upp motsträvighet är inte värt mödan. Slås ner och mot samma utspel gestikulerar de ansikten som nöjt sig med att bli skonade från trösklar. Vid landstigningen har de slagit läger och stannat kvar framför en öppen eld under vintertid. Skyddande trädkronor från snöfall för att tillåta elden finna sin hetta med hjälp av solens sken. Vid vädrets uppehåll talar vi om det som ingen egentligen bryr sig om. Och det blir enklare på det viset. Marmorskivor i kök med äldre köksluckor. En trendig sanning och en kommentar om intelligenta vägval. Hurra för att tillåta känslospelet somna in i samband med installationen av en ny bastutrumma. Visst är det skönt när knoppar inte brister? Inga kafferaster med innehåll, snarare en våg av medryckande underhavsströmmar som vaggar in deltagarna i en hypnotisk trans. Tillfreds att bo i den vakna sömnens motordrivna tradighet. Bugar och bockar för hjälpsam tomhet. Kom över och se en ny guldig vattenblandare till ett handfat i behandlad smaragd. Känn på kvalitén. Visa inga känslor nu. Följ med ut till bilen och följ med på resan.

Berlin.

Lavan är marken och där kan ingenting växa. En
brottningsmatch för fotvalv som inte skyddas av skor.
Den beröringen är sedan år inget att räkna med.
Temperaturen är obeskrivlig i sin natur. Graderna skenar
i väg och inte ens de själva förstår vad som sker från dag
till dag. Grymheten i vad som blivit. Denna skatt som
bott inombords är skönhet i form av specifika minnen.
En fond att hämta kapital ifrån. Ingenting av egentligt
värde, snarare bedövningsmedel för att kunna tysta
stämman med de tunga orden ståendes bakom tungan.
Hur manövrerar huden sina sensationer och sin instinkt
mot hettan och påfrestningen? Skulpturer intill väggarna
skyddas från lavan uppe på sina platåer. Bevittnar en
egen kamp utan att kunna relatera. Skulpturer som
sänder ut skiftande budskap som ibland är förståeliga,
mestadels mysterier. En omgivning som accepteras och
bortses ifrån under tiden som den egna kampen fortgår.
Lavan är marken och den vill ingenting gott. Att se fallet
av en kropp med hela dess väsen möta den heta ytan.
Det är målet. De som vandrat via samma väg har alla

fastnat och gått under. Lavan har, med ett brett leende från smilgrop till smilgrop, tagit emot ny föda och sett på med ett hånskratt skapat från stämbandens djupa toner. Fonden med kapital räddar ingen som faller i glömska. Vandringen går framåt. Fötterna slits fortsatt och sorgen gör en kämpande kraft svag. Värmen misstas för närhet och kärlekens lågor. Ljus och molnfri himmel sänder löften. Tungans ärliga betoningar trycks ner i samband med samma miljös yttringar. Av jord ska jag åter bli. Det har tidiga skrifter utlovat med förhoppningen att hela samma kropp. Fötter utan skor möter hettan, nyss härskade värmens kraft runt om hela deras hud. Nu råder vinterns styrka. Vandrande fötter skonas med en sensation av kyla. Mer vikt läggs på lavans yta. Dårars konstruktioner ska övervinnas. Det trygga kapitalet ska skapa frost tidigt nog för att höja rösten mot miljön under huden.

Gerupuk.

Ögonlocken lyfter sig sakta och välkomnar seglivat en ny dag. De har inte bett om att behöva se igen men innerst inne är ögonen tacksamma för ännu en vy att vila sig själva på. Det som skymtas initialt är inte mycket för världen. Den lilla världen som är det närmsta hemmet. Nattens mantel ligger kvar över himlen. Kylan utanför tillåter inte morgonen att hitta sin plats lika kvickt som under varmare månader. Ögonen söker fönster efter fönster som inte längre täcks av persienner. Deras halvmekaniska konstruktioner behövs inte längre när kvällarna äger mer tid än dagarnas tappra försök till ljus. Utanför är takpannorna den första hälsningen från en ny dags behov, men även kvällens följeslagare innan ögonlocken för ögonen bakom ljuset. Rödlätta plattor, på gränsen till orangea. En konstruktion lika tydlig som den att ögonen snart behöver lämna sin trygga boning och resa den kropp de samtidigt tillhör. Men innan dess skymtas, trots mörkret, en första strimma av ljus. Ut ur bomullstäta moln hittar den fram. Skär igenom som genom smör. Inte mer än två sekunder hinner ljusets strimma leva ett passionerat liv med minnen och möten med en ny värld som inte är den egna. Till låns och med en stigande ränta som skenar för varje sekund. Genom andetag som ögonens ägare tar och ger bort. Enligt naturen är detta accepterat och en självklarhet för den som fått ynnesten att leva i samma värld. Ögonen fortsätter sitt sökande genom en lägenhet innan kroppen som håller deras tyngd tar sig an dagen med det mod som egentligen är påklistrad skam. En ny begynnelse med tungt smink. Innanför ramarna är världen vacker med påkostade referenser och gripande berättelser. Färger som ögonen slutat kunna se. Strimmorna av ljus blir fler. Hittar in mot en av tavlorna. I reflektionen bländas det vänstra ögat. För en millisekund är det högra ensamt kvar att bära bördan för en hel tillvaro.

Prag.

Titta på alla dessa vinkande händer mot solen som
försöker stjäla varandras aktioner. Framåt, bakåt, åt
sidan och sedan en vända till. Synkroniserad rörelse i
mängd. Folkhav mer utbytbart än flera länders sjöars
totala vattenmängd. En rörelse i ögonvrån. Hand stöter
ihop med en annan hand och rörelsen får en kvick paus.
Läktarplatser tillåter enstaka individer att få en blick över
vad som pågår. Vågmönsterformad energi utan egentligt
syfte. Titta på alla dessa händer och hur de följer
varandra utan minsta lilla eftertanke. Kritiken är bakom
scenen. Den behövs inte synas till. Kritiken får inte
placera sig själv i de finaste av rum. Trummorna möter
suktande trumhinnor. Synnerv möter strålkastare i olika
färger. Duns efter duns. Ryggtavlor mot underarmar mot
bröst. I en hand en dryck. Hettan mot pannan ligger
stark. Strålkastare lyser upp pannor som väntar
förväntansfullt. Tydligt ljus i kombination med ny duns.
Kritiken är fortsatt bakom scenen och sneglar fram.
Upptryckt mot ett hörn. Besviken blick ser på hur ännu
en våg av hälsningar tar form. Palmerna vid stranden och

bakom scenen blir en klen tröst i alltsammans. En siluett att bygga falska drömmar mot. En horisont som ringar in någonting av vikt och en bestående känsla av ett nutida fenomen. Enstaka händer fattar varandra. I stället för att stöta bort deras respektive närvaro finner de en symbios. Bildar bokstäver från handled till armbåge. Duns efter duns ökar i frekvens. Jubel och ögonen från bakom scenen blundar en kort stund. Aktörer tar plats på scenen. Hand efter hand höjs upp högre än tidigare, som om de nu fått vingar. Ljuset bakom palmerna faller in i glömska. Ljusfläckar är det enda som blir kvar. Horisonten blir en annan men är fortsatt vacker att vila sina känslor emot. En gäspning följer från kritikerns ursprung. Känner hur frustrationens värme stiger från fotled till axel. Dansen från scenen skapar en stadig punkt att gro ilskan inom. En stark basgång från en enkel sträng sköljer över samma ansikte som gäspat. Ett tröttsamt och egenupplevt beslutsfattande organ. Kritikern tonar ner sig själv. Händer fattar varandra och munnen yttrar ett leende. Ny känsla.

Lerum.

Je suis i en drömvärld. Vattnet smakar av jordgubbar och natten är en omvänd möjlighet. Ett tänt ljus vakar över fotsteg som vankar av och an. Dess ljussken svajar, nästan dansar i vinddraget som uppstår från ett höftben. Den utsvängda skjortans tyg underlättar än mer för luften att dansa vals med elden. Stegen möter parkett och huden vrålar ut obehag när nerkylt golv blir en ny sensation. Je suis en ostoppbar kraft. Som de vågor som kastat omkull kroppen i fjärran länder. Bussen längs med Australiens östkust. I varje andetag hörs en produktiv röst som tystar stämbanden. När fokuset ligger hos ögonen är en själv svåråtkomlig. Kraft stark som jetmotorer. Tar en till landet bortom Atlanten. Födelsedagsfirande påkostat och värt varje dollar. Likvärdigt driv som det att förbjuda tjurfäktningen i Katalonien, muskulatur som björnen i norra Kalifornien. Spisen sänder ut tysta signaler om att hettan ökar i stekpannor och kastruller. Ingenting ligger där i och väntar på värmen. Brandfara. Ingredienser ligger och står redo för ett bokbål. Inte tillräckligt upptinade kanske. Fundersamma kring faktumet att de en gång i tiden ansågs för överflödiga i sin färskhet. Förlagda i konstgjord koma blev de för en stund borttappade och bortglömda. Ljuset ger kraft till skuggorna som följer stegen in mot köket. Parketten har blivit till lava. Friktionen skapar värme och värmen stannar lagom till att den egentligen behövs. Kan en lita på det egna minnet om det ljuger? Kastrullen tvingar fram ånga från de fortsatt nerkylda ingredienserna. Je suis en skapande kraft. Du är en ballad för penseln och svaret på gåtan. En gåta som inte ställs då svaret raserar tryggheten och stämningen som byggts upp i form av tomma besked om tröst. Känslostorm som blivit till en drömvärld där energin bor och gör vardagen till eskapism. Smaken av jordgubbar piggar upp en tugga och lägger sig tung i svalget. Tänk om vi inte är bra för varandra? Je suis inkapabel att ta rätt beslut. Nästa klunk är ömheten. Jetmotorer ljuder från köket. Eller är det en överhettad stekpanna som vill ge mer?

Hamburg.

Ekande steg och en fot i vattnet. Utsikterna är flertalet
och försvinner inte oavsett hur hummandet sjunger sina
dova toner eller vartåt samma ljud vänder sig. Någon vill
att det nya och vackra ska tas in i de sinnen som gett upp
på att bli berörda åter. En strålande morgondag väntar.
Vattenpölar lever fritt i små stunders asfalterade gåtor.
Nästa fot blir även den dyngsur av vattenmängden som
skapat sig en betongstark relation med sitt nya hålrum.
En onaturlig urgröpning av fordons eviga hamrande har
blivit en grund frizon. Trasiga gator i en annars
välmående miljö. Grå nyans ger utslag på skons tyg.
Snören som hittat sin skönhet runt en skos överdel får
nu finna sig i att bli smutsiga kopior. Deras renlighet och
charm försvinner i och med vätans intrång. Skorna blir
tystlåtna och skamsna. En enkel tröst blir den att deras
öde inte beror på deras eget vägval. Foten förde dem till
detta miserabla, om än tillfälliga, öde. Han som bär
skorna är den som påtvingat förödmjukelsen. Asfalten
tar slut och utsikterna över hav och takpannor byter
plats med trädkronor och oändlig mängd stigar.

Grönskan är påtaglig mot en blick som valt att se bortom glädje i flera månader. I tunnlar av löv fortsätter vägarna. Ett samarbete efter åratal av vandring i en värld som djur till en början skulle lämna ifred. Vi ägde ingen plats eller rättigheter att vandra i denna gröna oas. Vi tog vår plats utan att fråga. Nacken leder kroppen framåt på gruset som lagts ut i en önskad symbios med de naturliga vägmarkörerna. Varelser har hungrigt tagit del av dessa vägar genom århundranden på jakt efter naturens oändliga skönhet. Bara friheten som skogen kan erbjuda. Skorna har gett upp sin enkla och ömma önskan om att förbli skinande rena. De får falla inför faktumet att personen som bär dem har gett upp sina val gällande funktionalitet och tillfälle. Grönskan fastnar under sulorna. Följer med ett par meter även om den vill eller inte. Fötterna hittar även i dessa miljöers vatten. Skogens vackra drag har uppenbara brister. Kan inte styra hur de externa krafterna påverkar. Under trädkronornas skapta tunnlar försöker kroppen, med snart mörkgrå skor, hitta svaret på hur världen kan bli tyst för en stund.

Boden.

Upplevd förvirrad och vilsen in i natten. Ett lögnaktigt
hjärtslag med snabba ammunitionshylsor som smattrar
mot en otacksam gågata. Virvelvind i människoform. En
sådan som inte tar fångar. Göra vad natten gör med
dagen. I en främmande känsla bosätter sig en framtid
som är lika given som snötäckta toppar under de lediga
dagarna i slutet av december. Syfte att undvika regn på
en parad. Men det är oundvikligt när tankarna skär
igenom cellmembran med sina spetsiga eggar.
Obekväma intentioner. Flera faller av när de hör dina
nya insikter och budskap. En av dina berättelser får
stjärnorna att förstå att du inte kommer ut ikväll. Du
stannar inne i stället för att syna deras skådespeleri.
Datumen när tiden fanns för att kunna slösa bort
andetag är förbi. Endast lömska dagböcker vet hur ett
sådant beteende rättfärdigas. Tegelsten efter tegelsten
holkas ur från en vägg och kastas ner i närmsta flod.
Portalen för den äkta våghalsen är vidöppen och suger in
dem som vågar annat än vardag. Våghalsar färglagda
enligt en ny mall. En egen vilja. Upplevda som förvirrade

idioter utan egentliga planer. Tysta och bärandes på tunga hjärtslag. Rytmer som inte tillför stimuli nog till deras hjärnor. Syret försöker dock hitta rätt i varje tanke. Ösregnet som symboliskt faller över en parad skäms inte en enda sekund. Skyfallet blir en detaljerad spjutspets. Tornadon som bildas av samtliga virvelvindar ler när ytterligare en lättkränkt måltavla handlar i affekt. En enkel omgång i en imaginär turnering. Armadan har lärt sig av natten vad mörkret gör mot dagens ljus. Skönhet i balansens skifte blir ett opium för varje svagt tankemönster. Talet slutar agera för stjärnornas omtanke. Hungern söker ny näring och ignorerar en förutbestämd norm. Käklinjer faller till marken när grupp efter grupp utövar sin tro. Den som syns i blicken och glimrar till. Samtliga som tolkats som tystlåtna försöker sjunga för full hals. Sånger om tider som komma skall. Nya tankar. Förvirring har bytt plats med självförtroende. Utdömda individer slipper hålla sin sorg kupad i en hand. Att hitta hem blev mer än ett uttryck. Vem som kastar den första verbala stenen vet dock ingen.

Ubud.

Minns vi när det blev fel? Teknologins utveckling under
månens mörka sida och ingen valde att höja sin röst.
Ingen frågade om ett samtal kunde vidarekopplas till en
annan som faktiskt vet vad ordet lyssna innebär. Lugnets
oas är en odyssé som går att nå den dagen vi släpper
taget och släpper in rätt humör. Om och när den dagen
kommer vet vi inte riktigt. Om en ivrig baktanke skulle få
sin möjlighet att le illvilligt är det nu. När ett fel upptäcks
är det troligtvis då vi ska stanna upp och analysera.
Observera vad som kan justeras innan stjärnorna kastar
sina hånfulla fakta. Att jorden är rund och att
rymddamm är en verklig konsekvens av att ta det av vikt
för givet. Kan vi lugna ner oss en stund? En timme?
Kanske ett helt år? Nytt meddelande på en skärm om att
göra allt för den andre. Ingen substans men ändå väljer
skribenten att författa meddelandet. Försvann nästan
lika kvickt som orden färdades från handhållen teknologi
till en annan. Att vara trevlig för sakens skull är en ny
form av social och generiskt lagd uppfinning. Kan kännas
igen då orden aldrig blir till handling. Bokstäver förblir

former och konstruktioner som antas kan lugna och enbart vara just detta. Symboler med en tacksam bakgrundsfärg. Vackra att titta på, en Mona Lisa i textform. Men den räcker inte längre än till nästippens rundning. Ljuset från skärmen tappar sitt fäste när en torr vinter vägrar fukten att stanna på huden. Fyra av fem stjärnor blir betyget. Frågan ställs via ett systematiskt massutskick. Ett tomt rum utan karaktär är mallen. Ingen säger emot. Medgörligheten och en acceptans stämplad slentrian blir en blandning som serveras på stadens främsta bar. Två komponenter som förväntas berusa de sinnen som tillhör konsumenten. Efter fyra enheter kan orden åter finna skärmen. Med armbågarna tätt mot torson författas nästa text om en långväga persons värde. Slöseri med tid för den som ska mottaga bokstäverna. Den individen har synat svinen och den lek som tillhandahålls. Var blev det fel? När slutade vi att lyssna? Teknologin fick oss fast. Under månens minimala sken står vi med öppna munnar. Redo för nästa berusande trend. Häpna över en situation vi själva skapade. Facit framför oss fanns ständigt nära.

Men ljuset svek näsans hud. Vintern blev för kall.

Singapore.

Säkerställer dig att bära på ett hjärta vars ljus speglas i en begagnad discokula. Hundratals spegelbilder. Hoppas att de ord jag sa var till belåtenhet. Att vi någon dag kan le mot varandra tvärs över rökfyllda och svettiga rum under en sen sommarkväll. Där ingen kan våra namn men vi vet varandras kroppars alla unika detaljer. Där födelsemärken skapar felaktiga stjärntecken. När ingen rök utan eld blir en mänsklig närvaro. I ungdomens vårtal stannar samtliga upp för att höra en retorik de upplever förstå deras nyfunna livsfilosofi. Ett indieband spelar om ett par minuter sina sånger inne på stadens främsta scen. Nischade melodier och planerade kläder som ska förkunniga förståelsen. Med ölflaskor av billig sort, rör sig hälsenor upp och ner. Tänjs ut till det att det stramar i ländryggen. Samma sena som tagit stryk av nya intressen. Visst är jag cool nu? Säg "ja" och gör min dag samt kväll. Annars måste jag börja om på ny kula. Vill passa in och få smekning innanför skjorttyg en tidig lördagsmorgon på väg hemåt med dig intill. Utan att be om det. Säkerställer dig att ingen skugga ska falla över våra beslut. En rättvis version bor endast på den andra sidan. Inga fler frågor är tillgängliga. Vi går vidare mot nya liv. I speglarnas yta syns sidor av käkben och hud som försvarar varandra. Förstår allting, förstår ingenting. Hur långt vi kommer är en gåta. Andra drar ner och ser trygghet som svaghet. Som någonting som bör förgöras. Det ska ej få existera. Det externa är opåverkat av samma faktum. Orden haglar om att den egna rösten är svag och påverkbar. En stämning tar skada av den framrusande hjullastaren. Vad som ska följa efter de egna idéerna är en svårighetsgrad för hög. Blir till att gömma ansiktet under ett isflak. För vaden och armen genom ett stelfruset vatten. Bit ihop och för det lättsamma hjärtat vidare. Koftor av offer är vad som sägs tynga ner. Påståenden som enbart inkompetens göder. En egenskap som högre idioti applåderar. I discokulans hundra spegelbilder hittar en alltid tillbaka. Även efter mellanchefers och andra former av idioters framfarter.

Sydney.

Berätta hur jag mår, du gör det alldeles för väl. Gör inte
så, skapa inte mer. Exponera mindre och visa inte upp
vad som gör dig till människa. Bli hög och le mot alla de
som du möter under ruset av ett opium du inte kan se,
smaka på eller ens betala för. Dansa inför ögonen som
tittar åt ett annat håll. Ta dig själv till en plats där du inte
trampar någon på tårna. Eller till en plats där du aldrig
kommer inspireras av några nya intryck. Jag längtar
oändligt efter att bli precis som alla andra. En skapelse
utifrån andras åsikter. På det viset kommer allting bli
enkelheten själv. Uppfylla önskningar som andra suktar
efter och talat om att de vill göra under oräkneliga år.
Sparka på den som blottar tänkande kreativitet efter
kreativitet. Säg att det du sysslar med inte är acceptabelt
inom den ram som du själv varit med och skapat. Jag
sjunger serenader för er och ler snällt. Ber om ursäkt,
ber om förlåtelse för extern åsikt som jag inte kan styra.
Det är min plats och mitt syfte i detta liv. Tydligen. Säg
inte vad du tycker, tillåt de som observerar avgöra om
det du gör är bra. Låt dem lägga orden på din tunga.

Berätta hur du mår genom att härska över mig. Visa missnöje över någonting, vad som helst, och häll innehållet i samma hinkspann över mig. Jag smakar på besvikelsen som rinner över mitt ansikte och ner längs halsens blottade ytor. Rör vid mig och be mig sedan hålla samtliga fingrar i styr. Tänk inte ens tanken att be om lov. Du är styrd och besatt av andras åsikter. Även innan densamma uttryckts eller tvingats fram. Förstå innan du försöker veta vad som ska tolkas. Bokstavera hur mitt liv ska se ut och säg att felen är mina innan, under tiden samt efteråt. Då mår i alla fall du bra och kan gå vidare på gatorna med ett brett leende. Hög på ett opium du viftat med i högerhanden i triumf. Samtidigt som dina fel är mina och jag betalar notan med alla förrätter vi inte ens önskade äta. Du stöttar mig men samtidigt är det jag gör en kränkande aktion mot tillvaron. Även om det som skett är en dyr lärdom erkänd samt upplyft. Du förklarar alldeles för väl hur jag mår. Ber om ursäkt för att kreativiteten är framme och stör. Vad har du gjort senaste tiden? Du stöttar min konst säger du. Men nio av tio gånger väller kritiken fram. Jag mår dock bra.

Tydligen.

Halmstad.

Pennan bor i papprets utkanter och väljer att stanna där. Ord efter ord vill ta varandras plats även när den är ingens att egentligen äga. På sin höjd blir det en låneperiod där orden falskt kan stoltsera kring sin egen upphöjda självkärlek. Bläcket tar snart slut ur samma slitna penna. Rörelsen har blivit en form av hybris för budskap som inte säger någonting av värde men som hörs slagkraftigt ändå genom sina decibelnivåer. Nu ligger pappret stilla och bevittnar hur dess ytor fylls på med ett desperat bläck. Svart yta med denna tidsålders skeva men ändå betydelsefulla propaganda. Ett nytt forum. Visa svaghet är en styrka som eldas på från bakgrundsljus. En falsk kör med tydliga tillrop. Glöden skjuts ut i form av vassa projektiler till pennan som styrs av en driven kreatör. Takten bibehålls. Ingen vet vad texten säger innan den reviderats och blivit analyserad av parter som inte känner till ursprunget. Granskas på djupet av människor som saknar detsamma. Åsikter om åsikter leder till en svallvåg av nytt uttryckssätt. Orden blir berömda och applåderna låter sig inte väntas på. Ur eldstaden flyger än mer projektiler och träffar även de oskyldiga. Konsten på väggarna intill fattar eld. Det har deras intetsägande bomull förtjänat. Papprets kanter med bläcket blir vidbrända som en slarvigt gräddad pizza. Ropar till när smärtan blir lagom. Lättkränkt kropp får hålla sig i skinnet. Självkärleken kränks av revideringsfasen och pennan frågar sig om det är av värde att fortsätta. Åsikten ska ut till andras öron. För ögonen ska samma budskap i bläck bli den varma filten som läsaren gömmer sig under. Trösten som rör sig i ögonvrån varje vaken minut. Svart propaganda med ett mörker av högklassigt innehåll. Rinner på papprets ytor och blad efter blad vänds innan det hunnit torka. Färdigt manus är snart framme hos beslutsfattande organ. Syret får inte längre röra vid texten på det vis som var tilltänkt. Högre känslor ska nu bli en del av kommersen. Orden stjäl platser från varandra i försök att synas mer för bevittnaren. Formuleringar slår varandra över axlar och bröst. Visa dig svag, det är styrka. Projektilerna träffar en böjd torso. Fokuset är kvar i samma bröstkorg oavsett omgivningens beteende. Vad som skrivits ner i nutid vet ingen om när åren passerar. I nutiden eldas samtliga parter på. Pengarna ska in. Åsikter om allting. Åsikter om åsikter. Bortglömda vid nästa kafferast.

Cairns.

Först på plats i trädgården och den förste att bestiga
samtliga av de outforskade bergen. Säger inte nej till en
utmaning eftersom den tar en någonstans. Själviska
intentioner kastar sig själva mot samhällets diffusa
väggar. Nästa bergstopp är säkerligen nära. Den går att
smaka på även om planeringen kring samtliga orosmoln
inte ens påbörjats. Charmen i att drivas fram i en
hagelstorm. Åsikterna är isande föremål på panna samt
bröst. Tro inte på allt du hör och basera inte din tid på
att blunda. Vägen framför dig är alldeles för vacker. Men
jag vet att det gör ont när den egna intentionen är
vänlighet och att finnas till. Sällsynt som en påhittad
blomma i en novell skriven för kärleken. Sägen om
stordåd lever där i samma text. Väljer att tro på den. Vad
som redan tvingats på som en trolovande visa. Vad som
ska ta upp ens tid eller inte. En brygd skapad ur
slentrianens kryddskåp. Ingredienser som framkallar en
sötma och välbehag. Sedan beskhet på en egen tunga.
Och det är acceptabelt. Tolkad som sårad och pretentiös
i sina uttryck. Låt det vara musiken som de vill höra när

samma personer tilltalar dig vid sina påhittiga öknamn.
Ljuset skiner på den som önskar mer. På den som raserar
murar. Men säg det inte till någon. En fara i driftiga
tankar. Båten med stadig kurs tar sig snart till en annan
hamn. En varm och trygg plats. Utan individer som pekar
på urholkade svagheter. Du ber om vägledning men har
bett fel grupp peka ut åt vilket håll. Hårda slag mot
panna och bröst efter hagelstormarna. Isen kan
återfinnas i munnens nedre del, underkäkens tandrad
tog de värsta smällarna. En av livets värre
konfrontationer kan ses där. Du är först framme i
trädgården och vill se hur grönskan samt färgerna ber
dig att andas ut. Andas in, och sedan ut. Var rädd om dig.
Om hela ditt jag. Nästa bergstopp väntar stillsamt. Ha
inte bråttom. Du är redan framme.

Umeå.

Allting som tynger dig. Allting som rinner av, och det som rinner tillbaka mot huden. En sensation. Du är inte ens glad. Nere på marken för räkning. Du ska vara din närmsta vän och tala om dina rykten med stolthet. Faller mot marken i stället för genom moln. Är du vilse kan du alltid leta efter rätt stig i en oviss kväll. Den är aldrig långt borta. Du är inte vilse. Se upp för penetrerande ord och vad de gör mot din vackra kropp. Sinnet vill krama dig hårt. Är det alldeles för massivt begärt? Res pannan från kudden och andas in din passion. Även när det ser ut att eka ut i tomheten. Tiden är inte fienden, den är vännen som reser sig upp och tar dig i hand när du stiger in i ett rum fullt av främlingar. Allting som tynger dig är endast det externa. Vill dig illa även när predikan är över som förklarat att du är glimten i ögat, tåren i vrån och ljuset i blicken som kommer erövra din egen värld. Bli kvar i känslan av att vara din närmsta närvaro, din närmsta vän. Åren springer fort, askan är den bästa jorden. Pulvret ligger tätt som färg på den som ligger kvar på marken utan att ens försöka. I sorg och i förtvivlan. Skölj kroppen från det onda och drick en klunk av vattnet som kommer efteråt. Sömnen har varit lång och dvalan har i sin tur trängt ut cellerna. Blomma nu och sänd näring dit den ska. Öppna en bok och skriv till att det glöder. Gråt, du blir snart hel. Tålmodigt sker det som behöver passera innan bojorna kan släppa. Allting tynger på ett vis och hårda ord kan tendera att fastna på en kind. Men natten är till för fler än en person. Livet är en stund att le, när smilgropar vill se neråt. Framåt rusar du och i din handflata ligger möjligheter. Av med kläder. Gör dig redo att möta ny horisont. Vaka efter rätt stig när vilseledande kvällar tar över himlen. När oviss känsla skriker. Omgivningen tynger och kommer bli tung. Men hur stort trycket än blir, välj dig och ingen annan. Du är din närmsta vän. Undvik inte den som kramar din hand eller den som visar att penseln ska greppas. Ljuset är du, det har det alltid varit.

Auckland.

Vägen är lång och ser inte ut att ta slut på ett tag, om nu inte horisonten ljuger för full röst. Är inte längre den som många trott på eller skapat sin egen bild kring. Stiger ur sängen och ut på gatorna. Oavsett årstid. Skorna snörs på och byxornas midja tänjs ut tillsammans med bröstkorgens andetag, forcerar gränser som varit sanna ord. Inga fötter eller skor skrapar längre på golv eller asfalt. En melodi som tröttnat på att spela sig själv efter varje motgång. Melodin har sonat för händelser och vet att de är redan passerade och hanterbara. Vägen framåt är trofast och tar inga fångar. Därför är livet både positivt och negativt. Upplevelse utan rätt eller fel. Procentuellt har den längsta biten redan erövrats och tacksamt lämnats bakom. Moment har eftersökts och hittats. Steg efter steg hjälper varandra och en krökt rygg mäter kilometer efter kilometer. I varje steg blir även de mest bekymmersamma detaljerna till dimma efter stjärnors bedömning. Faktumet finns kvar att en explosion skett men att konsekvenserna inte tas i med tång. Ej värda tiden. Uppmärksamheten ska riktas åt ett annat håll. Ögon fångar rörelsen och undrar för en stund vad samma kött och blod tänkt genomföra. Vad den tänkt bli i en objektivt prövande tillställning som ändå leder till ett abrupt slut. Ingen vill eller kan förstå att ingenting kommer ske på samma vis igen. Det som varit är endast en konstruktion som lever kvar hos den som stannat i dyn. Egna fötter skapar inga gåtor. Tydliga svar. En egen röst överröstar det onda för att kunna tala till en sensation av välbehag. Munnen känner en ny smak. Ny sötma, oanad hetta. Vägen är lång och ingen vet när horisonten blir en vägg att springa rakt in i. Konst att vidröra eller förgöra. Moment att vara annorlunda och förmedla åsikter per automatik. Livet är skört och dovt. Högljutt när stunden är kommen. Varje steg är en ny bokstav i ett spel utan namn. Den som uppfinner en ny version kanske blir en ny gud. Eller inte.

Amsterdam.

Hur tillvaron blir ett mystiskt meddelande kretsande kring tillfälligheter. Vacker okunskap leder till svar som till en början gick att urskilja med överprisade förstoringsglas. Men erfarenheten har skänkt orden som gör tillvaron tillgänglig utan att behöva ruinera sig själv. Rikedomen återfanns i allt annat än pengar, smycken och fina viner. I luften svaldes näringen som egentligen var det främsta tillskottet av positivt tänkande. Styrkan bodde inombords även om det var en totalitär motsats till känslan som fick ta över huden. Dofterna ur en nukleär ödeläggelse blev inte de kemiska reaktionerna av död som inväntades. Kryddorna blandade sig i näsborrar och installerades på cellnivå i lungorna som torterats av vad som skulle kunnat ha hänt. Och fel fick de. Även hypoteser och kalkyler har bränts på bål. Förkastats till en sophög och i lågorna skrivs det egna namnet på himlen med hjälp av andras tolkningar. En vinst med ingredienser förvaltade och förädlade utan att behöva lyfta ett fysiskt finger. Kylan utanför rummen är påtaglig. Hettan tolkas in som en ny vän. Kroppens tunga

kan smaka på båda parter. Värmen kommer ur askan
som fortsätter brinna även om majoriteten av förfallet
redan sjunkit ner i jorden. Bultande hjärta av energiska
svallvågor. Utan den egna viljan fördöms kroppen att
guppa på ett öppet hav utan namn. Trasigt skrov och
utan segel. Nu är kraften en annan och hamn efter hamn
ror inte på ett beslutsfattande inom en själv. Den som
kom ur livet blev någonting nytt. Basen i öronen är
övermänsklig. Diskanten ljuder och inspirerar. Ur alla de
nya vykorten som ögonen önskat skicka består ytorna
mestadels av lyckönskningar. Meningar och stycken.
Världen förlorar aldrig den som valt att leva igen. Att
leva framåt, oavsett glädje eller sorg, blir mottot som
kommer pryda varje detalj. I varje andetag, i varje steg
och kanske i varje skriven rad. Ingen vet, ingen kommer
få veta.

Epilog.

Det bränner till på tungan och kaffets röst har tillåtits höras i morgonens skinande sol. Rösten viskar först och blir snart bekväm att ta en del av platsen som är morgonens att äga. Stolens ben vrålade ut en smärta som de ville tillge golvets sandiga yta innan kopp och tallrik med traditionsenlig frukostbuffé landade på bordet. Det klirrar febrilt ifrån hotellets gäster. En fråga om var marmelad finns, en annan om havredryck. Klirr. Klirr. En annan klagar över nymodigheterna och tvingar personal att leta fram mellanmjölken. Utanför den öppna dörren, som mer liknar en portal till kontinenten, glider bil efter bil förbi. En hälsning i vinddraget. Hej och hej då. På väg längs den skånska östkusten med fullpackade bakluckor. Upp eller ner. Gräl över att barnen inte är nöjda. Norrut eller söderut. Semesterångest, allt ska ju vara perfekt nu när vi äntligen tagit oss i väg. Klunken av Skånerost lättar ögonlocken som fått vila ordentligt efter månader av sörjandet kring ett liv som nu ska försvinna. I ett dubbelrum i ensamhet har huvudets nackmuskler vilat

mot äkta dun. Tystnaden i gårdens olika rum nattetid
visade att även de mest sällsynta av mirakel sker
stundtals. Även när kritiken från nattens fiender bankade
på grindarna utanför. Röster och åsikter blev inte mer än
små orosmoln innan drömmarnas innehåll tog tillbaka
sin stol. Ryckte den åt sig som ett barn med en girig hand
nära en favoritleksak. Rör du, dör du. Färden genom
södra Sverige blev det som önskades. Musiken blev
tidens konst i varje mil som hjulen snurrade runt sin axel.
Utrymmen oavsett stad fylldes med fiktiv konst genom
ett par vattenfyllda ögon. Frågor om var den andra
parten av resandets subjekt höll hus regnade. Men
samma frågor kom inte längre in än till påminnelserna
under huden. Som osynliga tatueringar med den finaste
av linjer. Detaljrikedom. Påmind om att ensam aldrig är
svag. Att en hjärna som aktivt väljer att söka i sina vrår
får vara ifred. Förbli accepterad utan externt stimuli.
Välja ett forum och hålla fast vid detsamma. Beskheten
är den nya sötman i vad ögat ser, vad munnens läppar
kysser och var tiden placeras. Tyngden och kvalitén i
livets komponenter stärks för varje ny soluppgång. I

samma sols nedgång fylls rader på med tacksamhet. Att livet är kvar. Att det fick bli siluetten som efterfrågar kulörer som ingen känner till. Men som en själv uppfunnit genom de vägval som skiljer sig från det förväntade beslutet. Livet blev kvar. Ett nytt hej och ett hej då flyter förbi portalen till kontinenten. Till livet som är värt varje sekund.

Victor Sköld, Kivik 2022.